我認為，旅行絕不會沒有用，
它能讓人增廣見聞。

——儒勒·凡爾納 《環遊世界八十天》

Thinking 039

環遊世界八十天
Around the World in EIGHTY DAYS

原著｜儒勒‧凡爾納 Jules Verne
改寫｜腓德烈‧柯丁 Fredrik Colting & 瑪莉莎‧梅迪納 Melissa Medina
繪者｜尼柯‧德里昂 Nikko De Leon
譯者｜周惠玲

字畝文化創意有限公司

社長兼總編輯｜馮季眉
責任編輯｜洪 絹
主　　編｜許雅筑、鄭倖仔
編　　輯｜戴鈺娟、陳心方、李培如、賴韻如
美術設計｜洪千凡

出　　版｜字畝文化創意有限公司
發　　行｜遠足文化事業股份有限公司（讀書共和國出版集團）
地　　址｜231新北市新店區民權路108-2號9樓
電　　話｜(02)2218-1417
傳　　真｜(02)8667-1065
客服信箱｜service@bookrep.com.tw
網路書店｜www.bookrep.com.tw
團體訂購請洽業務部 (02) 2218-1417 分機1124

法律顧問｜華洋法律事務所　蘇文生律師
印　　刷｜中原造像股份有限公司
初版｜2019年 7 月3日 初版一刷
　　　 2024年 1 月　 初版四刷
定價｜350元
書號｜XBTH 0039
ISBN 978-957-8423-92-3

Around the World in EIGHTY DAYS © 2019 Moppet Books
Published by arrangement with Lennart Sane Agency AB, through The Grayhawk
Agency. Complex Chinese translation rights © 2019, WordField Publishing Ltd. , a
Division of WALKERS CULTURAL ENTERPRISE LTD.

環遊世界八十天 / 儒勒.凡爾納(Jules Verne)原著；腓德烈.柯丁(Fredrik Colting), 瑪莉莎.梅迪納(Melissa Medina)改寫;周惠玲譯. -- 初版. -- 新北市：字畝文化出版：遠足文化發行, 2019.07
　　面；　公分. -- (Thinking ; 39)
譯自：Around the world in eighty days
ISBN 978-957-8423-92-3(精裝)

876.59　　　　　　　　　　　108008385

趣讀文學經典

與時間比賽的冒險之旅

環遊世界八十天

Around the World
in EIGHTY DAYS

原著——儒勒‧凡爾納 Jules Verne
改寫——腓德烈‧柯丁 Fredrik Colting
瑪莉莎‧梅迪納 Melissa Medina
繪圖——尼柯‧德里昂 Nikko De Leon　翻譯——周惠玲

Table *of* **Contents**
目　　錄 ————————

作者簡介

儒勒‧凡爾納是法國的小說家、詩人、劇作家，一八二八年誕生於法國的南特島，那是一座熱鬧海港。從小就看著船隻來來去去，啟發凡爾納對旅行和探險的想像。後來他到寄宿學校上學，便開始寫短篇故事和詩。原本凡爾納的父親希望他當律師，可是他仍然依循夢想，成為一名作家。一開始他的作家夢並不順利，直到出版了一系列「奇異旅行」的冒險故事後才大大成功，包括《地心歷險記》、《海底兩萬哩》，以及一八七三年寫的《環遊世界八十天》。凡爾納是史上第二暢銷的作家，排在英國推理小說作家阿嘉莎‧克莉絲蒂和文學巨匠莎士比亞之間。凡爾納還被稱作「科幻小說之父」。所以，如果你喜歡冒險，那你一定會喜歡他的小說。

菲 萊斯·福格是一個有錢、聰明、自信又非常守時的
人。他住在倫敦，過著規律生活。每天，他都會去
改革俱樂部，那是倫敦紳士的一個私密聚會所。他是俱樂
部的會員。

俱樂部的會員總是高談闊論各種話題。這一天,他們討論兩件事:最近英格蘭銀行的搶案,以及世界如何愈來愈小。福格發表意見說,現在只需要八十天,就能環遊世界。其他會員認為這是不可能的事(當時還沒有飛機),雙方爭辯了起來。於是,福格以兩萬英鎊下賭注,打賭自己可以在八十天之內環遊世界。俱樂部的其他會員接受了福格的賭注,而且相信他們贏定了。

倫敦新聞
1872
55000
英鎊失竊

182

福格回家告訴僕人百事通,他們要出發去環遊世界。百事通也覺得,八十天內不可能完成這個挑戰。不過,他很興奮能去冒險,於是馬上整理行李。

月台9 義大利

福格和百事通立刻出發。他們趕上一列通往歐洲大陸的
火車，花了六天半抵達義大利，接著從那裡搭上一艘名為
蒙古號的汽船前往埃及。福格每個小時都會在筆記本上記
錄，以便查看行程。

當蒙古號到了埃及的蘇伊士運河，福格立即拿護照去領事館蓋印戳。接下來每到一個國家，他也都會這麼做，證明這趟環球之旅，他去過哪些地點。

在此同時，一位名叫費克斯的警探，奉命追緝英格蘭銀行的搶匪。當他看見福格，認為福格很符合倫敦警局對搶匪的描述。費克斯決定先接近百事通。百事通告訴他，福格身上帶了一大筆錢，還對蒙古號的機師說，只要能提早抵達印度孟買，就會獎賞他很多錢。這讓費克斯深信，福格就是那名搶匪。

13

船程很漫長，一路上暴風雨不斷，但他們仍然比預定的時間，提早兩天抵達孟買。接著，福格和百事通必須搭火車橫越印度前往加爾各答，再從那裡轉搭汽船去香港。

距離火車出發還有幾個小時的空檔，所以百事通到城裡閒逛。他來到一間美麗寺廟，卻不知道穿鞋進寺廟是犯法的。憤怒的僧侶追著百事通，強行脫下他的鞋。他僥倖逃回車站，及時趕上火車。

倫敦警察局遲遲沒寄來福格
的拘捕令，費克斯很失望。
不過，他想了一個計策。

火車穿越了印度的農村與叢林，一路上的原始景象讓百事通大開眼界。有一位法蘭西斯爵士和他們同一車廂。他不相信福格跟百事通能夠依計畫橫越印度，因為這裡的火車經常誤點。福格堅持，沒有任何事情能拖延他的行程。

話才剛說完，火車就突然停了。原來鐵軌還沒完全鋪好，所以乘客必須步行五十哩路，才能去搭另一線火車。處變不驚的福格立刻找到一個人，願意將大象賣給他，所以現在他們又有交通工具了！他們還雇了一位帕西族少年當嚮導，然後坐在高高的大象背上繼續旅程。

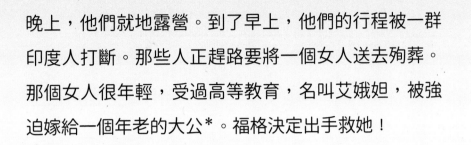

晚上，他們就地露營。到了早上，他們的行程被一群印度人打斷。那些人正趕路要將一個女人送去殉葬。那個女人很年輕，受過高等教育，名叫艾娥妲，被強迫嫁給一個年老的大公*。福格決定出手救她！

他們眼見艾娥妲被帶到陪葬物品中，祭司們開始點火。福格氣壞了，正打算襲擊那群人，突然，死去的大公坐起身，拉著艾娥妲跑走！福格和法蘭西斯爵士都嚇了一跳，原來是百事通假扮成死去的大公。在被發現之前，一群人快速逃離現場。

*地位低於國王、高於公爵的印度貴族。

法蘭西斯爵士在火車站和他們道別，福格將大象做為賞金，送給帕西族少年。福格、百事通和艾娥妲繼續搭火車，沿著恆河，按預定的時間抵達加爾各答。現在，他們只要搭上船到香港就沒問題。

沒想到一出火車站，他們立刻被警察攔下，通知他們必須上法庭。原來是為了百事通在孟買時穿鞋進入寺廟的事情，而告發他們的人就是費克斯，目的是為了絆住他們，好爭取時間逮捕福格。

百事通被判監禁十五天。可是，福格不能等那麼久，於是付了一大筆錢，將百事通保釋出來。費克斯非常生氣，只能眼睜睜看著福格再度脫身。

仰光號

他們匆忙搭上仰光號汽船。一出海，天候就變差了，他們的行程延誤了二十小時。幸好，當他們抵達香港時發現，要前往日本橫濱的卡納蒂克號汽船，因為修理設備，必須隔天早上才能啟程。真是好險，他們又重新趕上進度了。

艾娥妲原本打算投靠香港的親戚，卻發現親戚已經離開香港了。所以，福格堅持要艾娥妲跟他們一起回歐洲。福格和百事通都很照顧艾娥妲，她長得很美又有教養，他們一點也不介意多一個旅伴。

22

百事通在香港閒逛時卻發現，卡納蒂克號提早修好，而且當天晚上就要啟程。他急著趕回去通知福格，卻在路上遇見費克斯。費克斯想把福格困在香港，直到他拿到拘捕令。所以，他把百事通帶到一間茶館，那裡有供人吸食鴉片*。

費克斯告訴百事通，自己其實是一位警探，而福格是銀行搶匪。百事通不信，堅持他的主人是誠實的好人。

於是，費克斯騙百事通吸食鴉片，讓他立即陷入昏迷。現在，誰來告訴福格，卡納蒂克號要提早出航呢？

* 原為鎮痛使用的藥物，過量吸食對人體有害，甚至造成死亡。

直到隔天早上，福格和艾娥妲才知道，船在前一天晚上就出發了。費克斯現身告訴他們，下一班船要再等一個星期。不過，福格花了一大筆錢，找到一位船家願意載他們。福格到處找不到百事通，只好先行搭船離開。原來前一天晚上，百事通醒來後，及時搭上了卡納蒂克號。如今則變成，百事通獨自流落在日本橫濱街頭。又累又餓的他，找到一個馬戲班的工作。就在表演疊羅漢時，他在觀眾群中看見福格，於是分心跌了下來，害得表演失敗。百事通開心的重回福格身邊。他們匆忙搭上汽船，前往舊金山。

如今福格繞地球半周了，可是他也用掉了三分之二的時間。

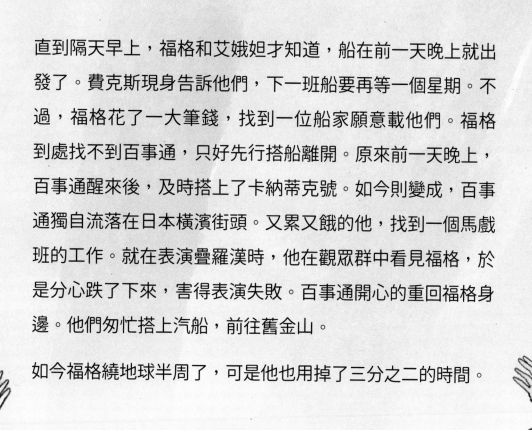

抵達舊金山之後，因為開往紐約的火車隔天才出發，所以他們決定去逛街。突然，他們被參加政治集會的人群包圍，有位柏克托上校朝福格揮拳。沒想到，費克斯衝出來替他擋下這一拳。

開往紐約的火車，花了七天穿越美國的荒野。有一天，火車突然停下來，因為前方有座危橋，可能無法承受人車的重量。有人建議，不如加速衝過橋。結果火車竟然加速到時速一百哩，飛也似的過橋。火車才剛駛過，那座橋就垮了，整個掉入河裡。

麻煩還沒完呢。沒想到，柏克托上校也在那輛火車上！他還在氣舊金山的事，想跟福格一對一決鬥。他們倆淨空最後一節車廂，雙方拔出手槍正準備開槍時，火車被一群蘇族印第安人突擊。

百事通被印地安人劫持了，福格必須先去救他！這麼一來，他們就會錯過這班前往紐約的火車。艾娥妲只能焦急的等著他們。最後，百事通與福格平安歸來，但火車已經開走了。

現在，他們已經落後進度二十小時了。費克斯打算先讓他們回到英格蘭，然後再逮捕福格。所以，他提議乘雪橇去追火車。他們果真靠著乘坐雪橇，順利抵達奧馬哈，趕上前往紐約的火車。但是，等他們抵達紐約的港口時，發現汽船已經在四十五分鐘前開走了。

一切似乎沒希望了，可是福格並沒有放棄。他在港口四處尋找，找到海莉耶塔號的船長願意載他們去法國，但每個人需支付兩千美金的費用。福格毫不考慮答應了，因為他另有妙計。

航向大西洋的海莉耶塔號，由福
格親自掌舵！原來，他賄賂了船
員，幫他將船長鎖在船艙，然後
將船直接開往英格蘭。百事通很
開心他的主人想出這個妙招。

但是，麻煩又來了。船上的機師通知福格，燃煤不夠讓船開回英格蘭。所以福格提議買下這艘船，拆下部分船身當燃料，這樣他們才能在八十天內回到倫敦。

船上能燒的都燒了，他們終於撐到抵達英國。太好了！可是一上岸，終於拿到拘捕令的費克斯，立刻逮捕了福格。

福格被監禁了兩個小時之後，突然，囚室的
門打開，費克斯、百事通和艾娥妲衝進來。
費克斯氣喘吁吁的說，真正的銀行搶匪早已
被逮捕，是他搞錯了。福格一被釋放，立刻
衝去搭火車。他付給火車駕駛員一大筆錢，
請他立即開往倫敦，能開多快就多快。

雖然福格竭盡全力在八十天內環遊世界，可是他仍慢了五分鐘才回到倫敦火車站。天不從人願，這次打賭，福格輸了。

福格回到家，心想一切都完了。他請求艾娥妲原諒。當他們相識時，他很富有，所以帶她來倫敦。可是，他現在破產了。艾娥妲並不在意福格有沒有錢，她握著他的手、向他求婚。福格開心極了，因為他早就愛上艾娥妲、想娶她為妻。

他們找來百事通，告訴百事通這件喜事。聽聞喜訊的百事通十分開心，並負責通知牧師，準備隔天（也就是星期一）舉行婚禮。

百事通到了牧師家，突然發現一件重大的事。他跑回家告訴福格，隔天是星期天，不是星期一！沒錯！因為他們由西向東通過國際換日線，所以多賺到一天時間。於是，福格馬上跑往改革俱樂部。

俱樂部的人都很焦急，距離打賭的時間只剩二十分。
看來，福格趕不上了。就在最後一刻，福格衝進俱樂
部，宣布他贏了——他在八十天內環遊了世界！

趣讀這一趟冒險的旅程 Analysis

儒勒‧凡爾納寫過很多著名的冒險小說，《環遊世界八十天》是其中最了不起的作品之一！主角菲萊斯‧福格是一位有教養的英國紳士，他特別擅長在緊湊的時限內完成任務，喜歡挑戰不可能的任務。他不是一個衝動、做事不事先考慮的人。所以，當他打賭說，可以在八十天內環遊世界，是因為他知道自己辦得到。他規畫好路線，精確記錄每一段旅程。然而，儘管他做了萬全準備，仍然發生很多意外，影響他的計畫，讓他措手不及。有一些是好事，例如遇見了一位印度大公夫人，而且愛上她；有一些則是壞事，例如火車故障。幸好，福格還有另一項重要的人格特質：他相信萬事都能解決。他對自己有信心，即使再多挫敗也不放棄。

百事通是福格的法籍僕人,他很興奮能和主人一起環遊世界。在這故事裡,我們發現百事通不只是福格的僕人,也是一位忠誠的好朋友。在這趟旅程中所建立的情誼,讓福格了解到:**人比金錢、甚至比贏得賭注都還要重要。**

這個故事也教導我們要**挑戰自我、嘗試新的事物**,例如認識新朋友,或去陌生地方旅行。如果福格一直待在倫敦的家裡,他就沒有機會經歷這些冒險,也不會認識艾娥妲,更無法在八十天內環遊世界!故事最後,福格了解到,贏得賭注一點也不重要。找到艾娥妲,愛上她,才是真正最難能可貴的獎賞——**因為,愛是最偉大的冒險。**

趣讀人物 Main Characters

菲萊斯・福格
Phileas Fogg

一個自信、有錢又熱愛冒險的英國人。他和
人打賭，可以在八十天之內環遊世界。

百事通
Passepartout

福格先生的法籍僕人兼旅伴。他很勇
敢、忠誠，可是也經常闖禍。

艾娥妲
Aouda

美麗又聰明的印度大公夫人。
福格救了她之後，她便跟著福
格一起環遊世界。

費克斯警探
Detective Fix

一個狡詐的警探。他認為福格是
銀行搶案的搶匪，於是跟蹤福格
環遊世界。

趣讀關鍵詞 Key Words

紳士 Gentleman

溫文儒雅、受人尊敬,而且風度翩翩的人。菲萊斯・福格是一個完美的紳士。

賭注 Wager

賭注就是打賭所押的錢。福格下賭注說,他可以在八十天內環遊世界。

旅程 Journey

長時間的一段旅行,例如去環遊世界,就是一段旅程。福格的旅程花了八十天,而且經歷各種奇遇。

守時 Punctuality

如果一個人總是準時,表示他很守時。旅行時,守時很重要。福格很自豪,自己是個守時的人。

汽船 Steamer

在現代引擎發明以前，載客的船都是靠蒸汽發動，稱作汽船。福格環遊世界時，搭了很多次汽船。

警探 Dective

警探是警察的一種，他們追查線索來偵辦案件。費克斯是一位警探，可是他追錯了線索。

延誤 Delay

任何打亂行程的事都會造成延誤。福格和百事通的旅程中遭遇很多次延誤，但是這些延誤也使他們的旅行更有趣。

國際換日線 International Date Line

一條想像的線，從北極畫到南極，幫助我們確定其他國家現在是幾點。

趣讀難忘情節 Quiz Questions

1 **菲萊斯・福格住在哪裡？**
A. 西班牙，巴塞隆納
B. 英格蘭，倫敦
C. 美國，紐約

2 **福格的忠誠僕人名叫什麼？**
A. 鼻子通
B. 路要通
C. 百事通

3 **福格打賭說，他可以做什麼？**
A. 八十天內環遊世界
B. 旅遊八十個國家
C. 環遊世界不花一毛錢

4 **誰一路跟蹤福格，想要逮捕他？**
A. 銀行搶匪
B. 費克斯警探
C. 印度人

5 艾娥妲被救的時候，正發生什麼事？

A. 正在刺青

B. 被一頭獅子追

C. 正要被燒死

6 他們乘坐哪種動物在印度旅行？

A. 斑馬

B. 大象

C. 馬

7 為什麼這次打賭福格能贏？

A. 他提早一週回到倫敦

B. 他在最後一刻搭飛機抵達倫敦

C. 他不知道自己比預定時間，提早了一天抵達

8 這次打賭，福格最大的獎賞是什麼？

A. 找到艾娥妲並娶了她

B. 贏得賭金

C. 護照上的各國印戳

答案：1:B／2:C／3:A／4:B／5:C／6:B／7:C／8:A

47